AF603573

214

1865 (3 Juin)

214°)

NOTICE

DE

LIVRES ANCIENS
ET MODERNES

Italiens, Espagnols, Anglais, etc.;

LIVRES A FIGURES
ESTAMPES
ENCADRÉES

L'HÉMICYCLE, LES LOGES DU VATICAN, ETC.;

QUELQUES DESSINS

Sujets de Courses, de Chasses

COLORIÉS, ENCADRÉS, VERNIS

dont la vente aura lieu

PAR SUITE DE DÉPART

HOTEL DES COMMISSAIRES-PRISEURS

Rue Drouot, n° 5

SALLE N° 3, AU 1er ÉTAGE

Le Samedi 3 Juin 1865, à une heure précise.

M° **DELBERGUE-CORMONT**, Commissaire-Priseur,
rue de Provence, 8,

Assisté de **M. VIGNÈRES**, Marchand d'Estampes,
rue de la Monnaie, 13, à l'entresol; entrée rue Baillet, 1,

Chez lequel se distribue la présente Notice.

EXPOSITION PUBLIQUE AVANT LA VENTE.

PARIS — JUIN 1865

existe avec ce f. tiré en jaune paille
et servant de couverture

sa veuve s'est suicidée le Avril 1875

214°. De Machado Blanche Cerocchi

L'Ordre de la Notice sera suivi.

Les lots ne formant pas suite complète pourront être divisés, à la volonté du vendeur.

CONDITIONS DE LA VENTE

Au comptant.

Cinq pour cent en plus des enchères applicables aux frais.

M. VIGNÈRES, dirigeant la Vente, se charge des Commissions.

NOTA. Toute commission sans prix fixé ou sans limite déterminée sera regardée comme nulle.

M. VIGNÈRES se charge de faire marquer les prix aux Catalogues des Ventes qu'il a faites. Les personnes qui le désirent peuvent s'adresser à lui *franco*.

Les Catalogues des Ventes à faire seront envoyés aux personnes qui en feront la demande *affranchie*.

AVIS. — Nous prions MM. les Amateurs éloignés de ne pas attendre au dernier jour, pour que les lettres arrivent le matin de la vente; ils compendront que quelques lettres peuvent se lire, mais de 20 à 50 lettres, c'est difficile.

				17 ½			
payé	Mademoiselle Blanche	276	50	50 2	90 50	225	60
payé	Bénard, le 8 juin	169	25	29	60	139	65
payé	Durand [illegible] (211)	57	50	10	10	47	40
payé	Berger déduit dans son compte	20		3	50	16	50
payé	Ollon le 8 juin	15	50	2	70	12	80
		538	75				

de Machado estampes	1355	50
	1894	25
et aubry Livres	209	75
	2104,	00

DÉSIGNATION

1 Environ 300 volumes italiens, espagnols, anglais; livres sur les arts, les classiques italiens de Lefèvre, Casti, les Animaux parlants, Novelle, Histoire d'Espagne, Annales de la couronne d'Aragon, Dictionnaires anglais, espagnol, allemand, Magazine divers; Costumes des anciens, par Th. Hope, The sporting magazine, Histoire littéraire de Ginguené, Millin, Galerie mythologique, Antiquités étrusques, Itinéraires, Annuaires et Guides divers, le Propriétaire architecte. 2 vol in-4, etc , etc. Seront divisés sous ce numéro.

2 Atlas géographiques, Cartes, etc.

3 **Alken** (D'ap.). La Vie du cheval. Colorié. 6 cadres.

4 **Aubry**, Histoire pittoresque de l'équitation. En 2 parties, en feuilles.

5 **Catalogue** de la belle collection de tableaux de M. Duval, de Genève, avec 19 gravures, 1846. — D'une des collections de Léon Dufourny, avec 63 gravures et texte.

6 **Cavaleriis** (J.-B. de). Statues antiques de la ville de Rome. — Edifices de Rome, 1565. Vol. in-4 de 154 p., cart.

7 **Cham**. Album pour rire. Cart. toile. — Albums comiques, Fariboles. — Grammaire illustrée. — Croquis contemporains. — Croquis d'automne. — En vacances. — Paris, l'hiver. — Salmigondis. — Salon de 1857.— Croquades, par de Beaumont, etc. 11 cahiers de charges, gravures sur bois.

8 **Cooke.** Views of the old and new London Bridge. Beau vol., in-fol., maroq. plein violet, fers à froid, dentelle, tranche dorée.

9 **Cooper** (T.-J.). Cathédrale de Bruxelles, 1820. sépia.

10 — Cathédrale d'Anvers, 1828. Sépia.

11 — Paysages. 1828. 2 sépias.

12 **Cousin** (S.). Master Lambton, avant la lettre, d'ap. Lawreince. Encadré.

13 **Crauk.** Garibaldi. Médaillon bronze et autre en plâtre.

14 **Dandré Bardon.** Les Costumes des Grecs et des Romains. 2 vol. in-4, veau.

14 **De la Chausse.** Museum Romanum. Rome, 1707. Portraits et nombre de camées et antiquités, Vol. pet. in fol. veau.

15 **Dictionnaire iconographique**, ou Mémoires pour servir à l'histoire de la gravure en taille-douce, contenant : Abrégé de la vie des principaux graveurs, Description de leurs œuvres, Manière de reconnaître les premières épreuves Remarques et distinction des originales et des copies, etc., etc., suivi d'une table de plus de 900 peintres avec dates de naissance et de mort, etc., etc. Fort vol. manuscrit in-4, de la plus grande curiosité pour un amateur d'estampes.

17 **Dupont** (Henriquel). L'Hémycicle des Beaux-Arts, d'ap. P. Delaroche. Grande et belle ép. encadrée.

18 **Durer** (A.). Saint Barthélemy. B. 47. — Saint Simon. B. 49. 2 p. Belles ép.

[illegible]

19 **École anglaise**. Chasses au renard, mine de plomb et aquarelles. 4 dessins.

20 — 10 sujets de chasse coloriés et vernis.

21 — 4 chasses à deux motifs, tendues et vernies.

22 — La grande course, chevaux, chasses et courses en couleur, encadrées.

23 — Cheval en bas-relief, en bronze. Encadré.

24 **Ecole de Fontainebleau**. Figures d'angles de voûtes. 14 p.

25 — Les Plafonds en hauteur et les ronds. 8 p. par Ghisi.

26 **École moderne.** Lithog. par Géricault, C. Vernet, et sujets d'ap. Bonington et autres. 14 p.

27 **Émaux de Petitot.** Gravés par Ceronni. 40 portraits avant la lettre et texte en deux très-beaux volumes in-4, d.-rel. mar. bleu, dorés en tête.

28 **Exposition de Londres**. Album en couleur et photographies et autres.

29 **Fabre**. Les practiques sur l'ordre de fortifier les places. Paris, Thiboust, 1629; in-fol. complet, avec fig. en bois. — Livre d'architecture de *Jacques Androuet Ducerceau.* 68 pl. et texte, 1559. In-fol., veau marbre.

30 **Fiden's Tableaux**, 1841. Beau vol. grand in-4, maroq. vert, fers à plat, tranche dorée.

31 **Flaxman.** Théogonie d'Hésiode. — L'Odyssée. 2 vol. oblong, carton. Edition anglaise.

32 **Galerie française**. Collection de portraits lithog. in-4.

33 **Galeries de l'Europe.** Demi-reliure maroq. rouge.

34 **Germain.** Éléments d'orfévrerie. 50 pl. d'objets religieux très-riches. Cahier in-4.

35 **Ghiberti** (D'ap.) Bas-reliefs de la porte principale de Saint-Jean-Baptiste de Florence, gravés par Calendi en 1800. cahier de 11 feuilles.

36 **Ghisi** (Adam). Les petites figures de la chapelle Sixtine, d'après Michel-Ange. 66 p. dont le portrait, vol. in-4, carton.

37 **Girodet** (D'ap.). Anacréon ; compositions gravées par Chatillon. Paris, 1825, demi-rel.

38 **Godefroy**. Le Congrès de Vienne, d'ap. Isabey. Remargé, encadré.

39 **Grandville** (D'ap.). Les Fleurs animées. 51 pl. coloriées, demi-rel.

40 **Gudin**. Marines. Lithog. grand in-fol. 8 p.

41 **Helman**. Faits mémorables des empereurs de la Chine. 24 pl. et le portrait de Madame. Frontispice, petit bijou de gravure, texte gravé, vol in-4.

42 **Hôtel royal des Invalides**. Gravé par Cochin et autres, d'après Chevotet et autres. Vol. in-fol., parchemin vert..

43 **Illustration de la Bible**. 240 gravures sur bois, d'ap. les dessins de Jules Schnorr de Carolsfeld. 3e édition, 1re et 2e parties, Ancien et Nouveau-Testament. Grand in-4 en travers, demi-reliure.

44 **Ingres** (J.-A.). Ses œuvres, gravées au trait, par Réveil. Beau vol. in-4, dos toile. Paris, Didot, 1851.

45 **Ingres** (D'ap.). Portrait d'homme en pied dessiné à Rome, 1809, et gravé par Boucheron. Extrêmement rare, encadré.

46 **Jazet**. Portrait du général Morillo, d'ap. H. Vernet.

[illegible] 25

Bordereau

18 Bis 4 chasses sous verre	Berger	27	
22 Bis 4 chasses	Berger	38	
53 Lobineau		4	50
74 Taylor	Mathon	60	
1 Photographie		1	
86 Bis 36 p.		10	
60 p.		9	
25 p.		1	75
Caleidoscope		2	25
2 Plateaux et Vase de fleurs		3	50
3 boites Bouquets		13	
		170	
		8	50
		178	50

B

B

B

B

B

47 **Jazet**. Course de chevaux à Rome, d'ap. H. Vernet. Très-grande pièce encadrée.

48 — Les Mamelucks, d'ap. C. Vernet. 4 cadres.

49 — Mamelucks, d'ap. C. Vernet. 3 cadres.

50 **Kreim**, 1830. Vues en Écosse. 2 très-belles sépias sous verres.

51 **Landseer** (d'ap.). Lady and Spaniels. Ép. sur chine encadrée.

52 **Livres anglais**. The Rhine.—La Grèce, de Williams, etc.

53 **Lobineau** (A). Histoire de Bretagne. In-fol., figures, 1707. Mauvais état.

54 **Marc-Antoine** et son École. — Dieu ordonnant à Noé de bâtir l'arche. Pièces par Ghisi, etc. 20 p.

55 **Mazois**. Les ruines de Pompeï, 1812. 2 part. en 1 vol. in-fol., d.-rel.

56 **Morel**. Œdipe et Bélisaire. 2 cadres.

57 **Morghen** (R.). Justice. — Poésie. — Théologie. 3 p. in-fol., d'après Raphaël.

58 **Muller**. Enlèvement de Psyché, d'ap. Prud'hon. Remargée, encadrée.

59 **Orsini**. La Vierge, ou Histoire de la Mère de Dieu. 6e édition, portraits et fig. Beau vol. gr. in-8, broché.

60 **Pattenkoffen**. Batailles en 1849. — Hongrie. 5 p. lithog., in-fol. Album oblong, d.-rel.

61 **Photographies**. Phryné. — Alcibiade. — Bataille. Encadrées.

62 **Plutarque**. Les Hommes illustres, avec portraits en bois dans le texte. — Les Œuvres morales et meslées. 2 gros vol. in-fol. Basle, 1574.

63 **Portraits** divers. 50 p. 2 lots.

64 **Poussin** (D'ap.). Les Travaux d'Hercule, par Pesne. — Les Petits Sacrements. 14 p.

65 **Raphaël** (D'ap.). Les Loges du Vatican. — La Messe de Morghen. — L'École d'Athènes. — Le Parnasse. — Dispute du Saint Sacrement. — Incendie du Bourg. — Saint Pierre délivré, etc., par Volpato. 8 cadres.

66 **Raphaël** (D'ap.) et Michel-Ange. Candélabres, ornemsnts, composition, figures allégoriques. 29 p.

67 **Roberts** (David). The Holy Land. — Vue de Syrie, Arabie, Égypte, Nubie, etc. Lithog. par Haghe. 3 vol. in-fol. Magnifique exemplaire, d.-rel. et coins maroq. rouge, tranche dorée.

68 — Égypte et Nubie. 3 vol, in-fol. Magnifique exemplaire, d.-rel. et coins maroquin rouge, tranche dorée.

69 **Ruines de Saragosse**. Portraits, Scènes, Combats, etc. 36 pl. Album oblong, grand in fol.

70 **Sacre de Louis XVI**, en 1775, avec figures par Patas. In-4. Beau vol, in-4, maroquin rouge, aux armes — **M. Faucher**. Le plan de Reims est coupé du bas. Tranche dorée.

71 **Sharp**. Cromwell. — Restauration. 2 p., tendues sur carton.

72 **Stella**. Les Jeux et plaisirs de l'enfance. 32 p.

73 **Straszewicz**. Les Polonais et Polonaises. In-fol. 19 liv. Portraits et texte en feuilles.

74 **Taylor**. Voyage dans l'ancienne France, Normandie, exempl. en feuille, en 2 portefeuilles.

[illegible]

[illegible]

[illegible]

B

B

B.

B

B.

B

O

4 D.

75 **Thomassin** (J.). Recueil des figures, groupes, thermes, fontaines, vases, des chateau et parc de Versailles, Vieille reliure.

76 **Van Dyck**. Callot, Pontius, De Vos, Suttermans. 4 portraits par et d'après.

77 **Vignole** avec l'ordre français, traité de la coupe des pierres, charpente, menuiserie, serrurerie. 58 p. in-4, cahier.

78 **Voltaire**. La Henriade. In-fol., ornée de lithog. de H. Vernet, et portraits par Mauzaisse. Ép. chine, non ébarbé, d.-rel. maroq. olive.

79 **Winkeles**. Scènes de la Révolution. In-4 et in-8. 99 p. Suite rare.

80 — Volumes d'études de figures et paysages. vues de Rome, costumes XVIIIe siècle, ornements à l'aquarelle, bistre et encre de Chine. 47 feuilles de de dessins, parchemin vert.

81 — Vues de Florence 30 vues coloriées. Album in-4, oblong, d.-rel

82 **Album** in-fol. oblong, contenant des Bellanger, Charlet, Ép. sur papier de couleur rehaussé de blanc, lithog. et bois de Gavarni, petites pièces de Bernard Picart, aquarelles, etc., 160 p.

83 — Volume de papier fort in-fol., avec environ 20 portraits lithog. et grav.s, dos parchemin vert.

84 — 16 cadres de médaillons en plâtre de camées antiques.

85 — Nombre d'estampes encadrées, Héro et Léandre, chiens. Lithog. coloriées, portraits divers, cadres vides, etc.

86 — Environ 160 pièces : sujets et écoles diverses.
2 lots.

87 — Sous ce numéro, les objets non cataloguées.

A 3 heures ;

JOLIES VERRERIES DE BOHÊME ET AUTRES, ET QUELQUES MEUBLES, PIANO, etc.

RENOU et MAULDE, imprimeurs de la Compagnie des Commissaires-Priseurs, rue de Rivoli, 144. 42185

PORTRAITS EN BISTRE

Collections de Portraits inédits ou rares de Personnages célèbres

REPRODUITS NOUVELLEMENT PAR LA GRAVURE

Publiés par VIGNÈRES, Md d'Estampes

Rue de la Monnaie, 13, à l'entresol, entrée rue Baillet, 1.

ALBANY (Louise-Max. de Stolberg, comtesse d').	Gravée par Varin.
AMOROS, colonel, fondateur de la gymnastique en France.	id.
ARGOUT (Antoine-Maurice-Apollinaire, comte d').	J. Porreau.
BABEUF (F.-N.-Gracchus), journaliste.	id.
BARÈRE (Bertrand), de Vieuzac, conventionnel.	id.
BEAUHARNAIS (comtesse Stéphanie de), poète, romancière.	Sisco.
BERRUYER, général, commandant des Invalides.	J. Porreau.
BERTRAND DE MOLLEVILLE, marquis, ministre, littérateur.	id.
BIEVRE (marquis de), célèbre auteur de calembours.	id.
BLANCHARD (Madeleine-Sophie-ARMAND, Madame), aéronaute.	id.
BONJOUR (Casimir), auteur dramatique.	id.
BORGHÈSE (Camille-Philippe-Louis), prince.	id.
BOSSUT (Charles), mathématicien.	id.
BRAZIER (Nicolas), auteur dramatique, d'après Marlet.	id.
BRISSOT (J.-P.), de Varville, conventionnel.	id.
CANCLAUX (J.-B. Camille, comte de), général, pair.	id.
CAYLA (comtesse de), née Talon, d'après le baron Gérard.	Massard.
CLOUET dit JANET, (François), peintre de portraits.	J. Porreau.
COCHON, comte de l'APPARENT, conventionnel, ministre.	id.
DEBUREAU, acteur des Funambules, Pierrot.	id.
DE FERMONT (comte), député, conseiller d'État.	id.
DEVIENNE, actrice, Théâtre-Français.	Normand.
DONADIEU, baron, général de division.	J. Porreau.
DORAT-CUBIÈRES-PALMEZEAUX, poète, auteur dramatique.	id.
DROZ (Joseph), littérateur, académicien.	id.
DUCHESNE aîné, conservateur du cabinet des estampes.	id.
DUCOS (Roger), avocat, constitut., 3e consul provisoire.	id.
ÉLIE DE BEAUMONT, avocat au Parlement de Paris.	Devritz.
EMPIS (Adolphe), auteur dramatique.	J. Porreau.
EPAGNY (d'), poète dramatique.	id.
FABRE DE L'AUDE (comte), député, pair, littérateur.	id.
FIEVÉE (J.), littérateur, auteur dramatique.	id.
FRÉRON (Louis-Stanislas), conventionnel.	id.
FROCHOT, comte, préfet, député.	id.
GARNERIN (A.-J.), inventeur du parachute.	id.
GARNERIN (Élisa), aéronaute.	id.
GAUDIN, duc de Gaëte, ministre des finances.	id.
GENLIS (A. Brulard, comte de), cap. des gardes, convent.	id.
GEOFFROY (J.-L.), critique, journaliste.	id.
GODOI (don Manuel), prince de la Paix.	Varin.
GOUFFÉ (Armand), chansonnier, vaudevilliste.	J. Porreau.

GUIMARD (Mademoiselle), danseuse.	J. Porreau.
JOUFFROY (Théodore-Simon), professeur, académicien.	id.
JOUSSELIN DE LASALLE, homme de lettres.	id.
KANT (Emmanuel), philosophe allemand.	Bracquemond.
LACALPRENÈDE (Gauthier de Costes, seign. de), romancier.	Varin.
LAINÉ (J.-H., vicomte), ministre et académicien.	J. Porreau.
LAMBALLE (princesse de), dess. d'ap. nature par Gabriel,	id.
LASOURCE (M.-David-Albin de), député du Tarn.	id.
LAVALLIÈRE (L.-F. de la Baume, duchesse de).	id.
LUCOTTE (Edme-Aimé), lieut.-général, comte, né à Dijon.	id.
MARAT, à la tribune, dess. d'après nature par Gabriel.	id.
MARTIN (Louis-Aimé), littérateur.	id.
MAUREPAS (J.-Fréd. Phelypeaux, comte de), ministre.	Varin.
MAZÈRES (Édouard), auteur dramatique.	J. Porreau.
MESMER, auteur du magnétisme animal.	id.
MÉZERAI, actrice, Théâtre-Français.	Normand.
ORLÉANS, duc de Montpensier (Ant.-Philippe d'), 1773-1807.	J. Porreau.
PERSUIS (L. Loiseau de), musicien, d'ap. Pierre Guérin.	id.
PETIET (Claude), député, ministre de la guerre.	id.
PHILIDOR (André-Danican), musicien, auteur du jeu d'échecs.	id.
PILON (Germain), sculpteur, 1550.	id.
PIXERÉCOURT (Guilbert de), fac-simile, d'après J. Boilly, in-4.	id.
PONGERVILLE (Samson de), académicien.	id.
PONTUS DE LA GARDIE, général en Suède.	id.
RAMEL NOGARET, ministre des finances, préfet.	id.
REVÉILLÈRE-LEPAUX, botaniste, théophilanthrope.	id.
ROBERT-LINDET, député, conventionnel, ministre.	id.
ROMME (Gilbert), conventionnel.	id.
ROUGET DE L'ISLE, auteur de *la Marseillaise*, musicien.	Varin.
SAINT-HURUGE (marquis de).	J. Porreau.
SAINT-PRIX, acteur, Comédie-Française.	id.
SAINT-SIMON (Claude-H., comte de), philosophe.	Perrot.
SILVAIN MARÉCHAL, poète et littérateur.	Devritz.
TALLIEN (Madame), née Cabarrus, d'après le baron Gérard.	Massard.
TREILHARD (J.-B., comte), député, ministre, etc.	J. Porreau.
TRONSON DU COUDRAY, avocat, du Conseil des Anciens.	id.
VADIER (A.), député aux États-Généraux.	id.
VATOUT (J.), poète, académicien, bibliothécaire.	Varin.
VIGÉE (L.-G.-B.-E.), poète et auteur dramatique.	J. Porreau.
CARTOUCHE (Louis-Dominique), fameux voleur.	Lallemand.
MANDRIN (Louis), fameux contrebandier.	Delaistre.

Chaque portrait pouvant entrer dans un in-8° est tiré in-4°.
Avec la lettre, papier blanc, 1 fr.; papier de Chine, 1 fr. 25 c.
Avant la lettre, papier blanc, 1 fr. 50 c.; papier de Chine, 2 fr.
Dont il n'est tiré que 20 épreuves blanc et 5 Chine.

Afin de faciliter les recherches des Amateurs de portraits, soit pour les illustrations, soit pour les collections d'autographes ou autres, *deux Catalogues détaillés* de quelques collections de portraits qui peuvent se trouver chez moi, classés par ordre alphabétique, seront remis aux personnes qui en feront la demande affranchie.

Renou et Maulde, imprimeurs de la Compagnie des Commissaires-Priseurs, rue de Rivoli, 144. 42185

www.ingramcontent.com/pod-product-compliance
Ingram Content Group UK Ltd.
Pitfield, Milton Keynes, MK11 3LW, UK
UKHW021048260726
13994UKWH00005B/2396